P. DE PONTSEVREZ

AU TEMPS

DES FEUILLES

POÉSIES

PARIS

LIBRAIRIE DES BIBLIOPHILES

Rue Saint-Honoré, 338

M DCCC LXXVII

AU TEMPS

DES FEUILLES

P. DE PONTSEVREZ

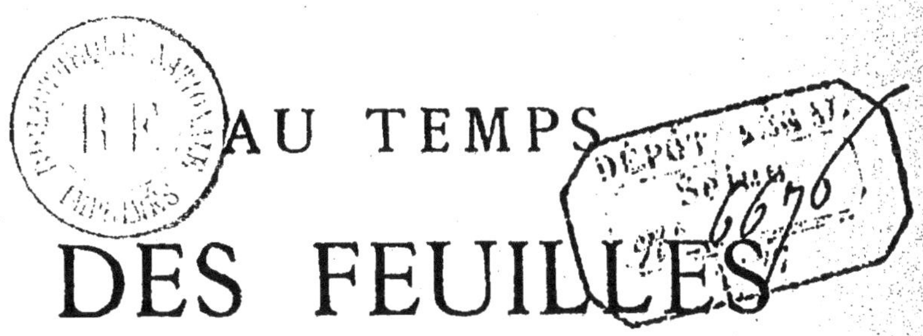

AU TEMPS DES FEUILLES

POÉSIES

PARIS

LIBRAIRIE DES BIBLIOPHILES

Rue Saint-Honoré, 338

M DCCC LXXVII

AUX JEUNES GENS

A vous tous jeunes gens, mes amis inconnus,
A vous tous qu'étreignit la même maladie,
Sans orgueil et sans peur, aujourd'hui je dédie
Ces vers écrits sans art et comme ils sont venus.

Tous nous avons passé par cette même route
Qui s'ouvre devant nous quand nous avons vingt ans,
Qui commence à l'amour pour aboutir au doute,
D'où nous sortons plus froids, tristes et mécontents.

I

Tous nous avons subi la main chère et cruelle
Qui transforme notre âme et nous fait à son gré,
Hélas! pour un baiser, pour un bout de dentelle,
Adorer le profane et brûler le sacré.

Ce sont des maux affreux et devenus vulgaires,
Dont on ne parle pas et dont plus tard on rit.
On en rit, et pourtant dans ces intimes guerres
Plus d'un cœur généreux s'abandonne et périt!

Mais l'homme se soulage à raconter ses peines,
Et par le mal d'autrui semble se consoler.
Les douleurs que j'écris sont des douleurs humaines:
Dans ces pages, chacun peut s'entendre parler.

AU TEMPS

DES FEUILLES NOUVELLES

Au temps des feuilles nouvelles,
  Nous avons aimé ;
Quand on lia les javelles,
Son cœur s'était refermé.

Quand on lia les javelles,
  On a combattu ;
Au temps des feuilles nouvelles,
  On était vaincu.

Au temps des feuilles nouvelles,
Je lui pris la main ;
Quand on lia les javelles,
J'étais seul dans le chemin.

Quand on lia les javelles,
La France gronda ;
Au temps des feuilles nouvelles,
La France tomba.

Au temps des feuilles nouvelles,
L'amour renaîtra ;
Quand on liera les javelles...
Plus tard... la France vaincra.

C'est la loi que du contraire
Le contraire sort,
De malheur bonheur est frère,
La vie est sœur de la mort.

Armons-nous donc sans peurs vaines,
Aimons-nous sans peurs ;
Que le sang gonfle nos veines,
Et l'amour nos cœurs.

Au temps des feuilles nouvelles,
Amoureux et forts ;
Quand on liera les javelles,
Glorieux ou morts.

TOURMENT

D'où vient qu'en te voyant j'ai cru te reconnaître,
Et qu'en mon souvenir quelque chose a gémi?
D'où vient que, comme un serf à l'approche du maître,
Tout mon cœur a frémi?

Mon front en a rougi. Sur toi j'osais à peine
Élever et fixer mon regard confondu,
Et, quand j'eus respiré ta fraîche et pure haleine,
Je me sentis perdu.

Puisque tu connaissais le pouvoir d'une larme,
Il fallait me laisser croire ton œil tari.
Puisque de ton sourire, enfant, tu sais le charme,
    Pourquoi m'avoir souri?

Pourquoi m'avoir lancé comme une flèche aiguë
L'éclair de ton œil noir, qui devait m'enflammer?
Et mon amour enfin, pourquoi l'avoir reçue,
    Si tu ne peux aimer?

Mais vous êtes ainsi, vous autres, femmes vaines :
Vous vous réjouissez quand dans vos yeux moqueurs
Vous avez à longs traits bu le sang de nos veines
    Et l'amour de nos cœurs!

Et, lorsque nous avons épuisé notre force
A vos amusements, notre âme à vous servir,
Vous nous traitez ainsi que l'on traite l'écorce
    D'un fruit qui fait plaisir!

Quoi donc ! l'écorce est vide, ou le jouet vous lasse...
Jetez-le, pauvre rien, hors de votre salon ;
Et le premier bouvier indifférent qui passe
L'écrase du talon.

LES PAPILLONS DU GRAVEUR

L'ARTISTE.

Papillons noirs, papillons noirs,
Qui voltigez devant ma lampe,
Et qui revenez tous les soirs
Entre mes yeux et mon estampe,
Qu'êtes-vous et que voulez-vous ?
Vous assombrissez ma lumière ;
Pourtant je vous vois sans colère :
Le bruit de vos ailes est doux.

LES PAPILLONS.

Nous venons te voir comme un frère ;
Ton âme comme un papillon
Butine et ne se désaltère
Que dans les fleurs du vert sillon,
Ou bien de l'ombreuse vallée ;
Et quand s'éclaire ta maison,
Du plus bas point de l'horizon
Nous accourons à ta veillée.

L'ARTISTE.

Papillons noirs, la liberté
Est tout entière en vos quatre ailes,
Et vous pouvez à volonté
Vous poser aux vieilles tourelles,
Aux palais du prince et du roi
Et de la beauté la plus fière…
Pourquoi venir plutôt chez moi ?
Vous assombrissez ma lumière.

LES PAPILLONS.

Nous aimons te voir travaillant,
Nous aimons ta main qui burine,
Et, réjouis par ton talent,
Nous avons l'âme moins chagrine.
Prince ou roi, pour nous, est vilain;
La beauté que forme ta main
Est plus parfaite ou moins impure,
Et c'est du moins beauté qui dure.

L'ARTISTE.

Papillons noirs, tout votre essaim
Accourt en masse et tourbillonne,
Bruyant comme l'eau qui bouillonne...
Cruels, quel est votre dessein?
Vous m'étourdissez, et ma vue
Se trouble, ma main fait erreur.
Ma plus belle estampe est perdue...
Adieu la gloire et le bonheur!

LES PAPILLONS.

Oui, tu peux dire : « Adieu la gloire ! »
Insensé qui nous crus amis,
Et pour toujours nous avons mis
Devant tes yeux notre aile noire.

L'ARTISTE.

Papillons cruels ou jaloux,
Bande maudite, race impure,
Qu'êtes-vous et d'où venez-vous
Pour m'infliger telle torture ?

LES PAPILLONS.

Nous sommes les âmes des morts
A qui l'existence fut dure.
On méprisa nos longs efforts,
On nous fit mortelle blessure.

Ainsi, malheureux, impuissants,
Toute gloire nous fut ravie...
Nous nous vengeons sur les vivants
Des maux subis pendant la vie.

TROUVAILLE

J'ai trouvé par hasard, caché sous les décombres,
Dans un chemin désert, un marbre merveilleux.
Je l'ai débarrassé de ses ruines sombres
Et lavé plusieurs fois avec un soin pieux.

C'est un petit enfant tout joufflu qui repose
Ses membres potelés sur une peau d'agneau,
Et sur le marbre blanc court une veine rose
Qui donne de la vie à ce charmant morceau.

Est-il d'un nouveau maître? est-il une œuvre antique?
Qu'importe? il est bien beau, d'un travail achevé.
C'est peut-être un portrait, souvenir poétique,
Qu'un père artiste et bon dans son âme a trouvé!

Il n'excitera pas du moins la convoitise
Des avides marchands, de bazars en bazars;
Il ne traînera pas jusqu'à ce qu'il se brise
Et disparaisse ainsi du royaume des arts.

Je le garde... Il me plaît, ce pauvre petit être
Qui dort le bras courbé sur son front. On croirait
Qu'il va se réveiller. Qui sait? un jour peut-être
Une seconde fois sera-t-il un portrait.

INSANITÉ

J'ai souffert, j'ai pleuré, car j'engageai mon cœur
    Dans ces étranges aventures;
Et j'ai pour ces beautés dont je me crus vainqueur
    Subi de cruelles tortures.

Je les croyais à moi lorsque leurs yeux charmeurs
    Promettaient les pures délices;
Par trois fois je les crus sincères, et j'en meurs ;
    Leurs amours n'étaient que caprices.

On se sourit un soir, on s'engage, on se ment :
    La langue a de douces paroles,
Et c'est le désir bas qui parle effrontément
    Au milieu des propos frivoles.

Dans une forte étreinte on s'embrasse en valsant,
    La main serre une main mignonne ;
On croit à de l'amour, et ce n'est que le sang
    Qui soudain s'agite et bouillonne.

Puis, lorsqu'on a conclu ce marché hasardeux
    Et que l'ardeur est satisfaite,
On s'étonne, et parfois on se repent tous deux
    De cette commune défaite.

Mais si quelque naïf, épris de la beauté,
A laissé la chaleur pénétrer jusqu'à l'âme,
Mieux vaut qu'au fond du cœur il se plonge une lame :
Rien ne le guérira de cette insanité.

TROIS JOURS

Le premier jour, coquette et fière
Et se moquant de ma prière,
Elle me dit : « Vous êtes fou ! »
Vraiment, je fus pris de folie :
Je partis à travers la pluie,
Droit devant moi, je ne sais où.

Le second jour, pâle et dolente,
Elle posa sa main brûlante
Sur ma main, que je retirai.
« Oh ! lui dis-je, Mademoiselle,
Vous êtes plus folle que belle...
Il n'est plus temps... Je m'en irai. »

Le troisième, l'âme navrée
De voir cette amour expirée,
Hélas ! en sa première fleur,
J'accourus frapper à sa porte.
Pas de réponse... elle était morte,
Morte la nuit de sa douleur !

Deux fois l'orgueil, passion louche,
Avait fait mentir notre bouche ;
Et moi, pour le cruel plaisir
De lui rendre une égale offense,
Je réduisis à la souffrance.
Mon cœur plein d'elle, — elle à mourir.

PITIÉ

Va, je ne t'en veux pas! tu fus assez punie,
Car en me trahissant tu perdis tout ton prix.
Ce n'est pas ton amour, c'est toi que je renie;
Mais j'ai plus de pitié pour toi que de mépris.

Je ne veux plus te voir, mais je garde en mon âme
Le souvenir charmant de mon premier amour.
Dans d'autres voluptés lorsque mon corps se pâme,
C'est encore vers toi que mon cœur fait retour.

Je ne veux plus te voir, mais je n'ai pas de haine,
Et, dans mon désespoir de ne te plus aimer,
Sais-tu que ma plus dure et ma plus longue peine,
C'est de douter, hélas! si je puis t'estimer?

Tu me fis un grand mal, peut-être sans comprendre !
Mon devoir et mon Dieu, je voyais tout en toi ;
Et lorsque tu partis rien ne pouvait me rendre
Ma force et ma vertu, mon courage et ma foi.

Ce fut un grand travail de refaire ma vie
Et de combler le vide où tu m'avais laissé.
J'ai voulu rallumer le feu qui purifie,
Mais la victime a fui loin d'un autel brisé.

Entre tous mes amours se dresse ton fantôme,
Ta fatale beauté sans trêve me poursuit.
Tu demeuras la reine en quittant ton royaume...
...Nous ne nous aimons plus. Oublions donc sans bruit.

UN MYSTIQUE

Il parle peu, rit moins encore ;
Jamais il ne versa de pleurs.
Un soir pour lui vaut une aurore,
Et les crapauds valent les fleurs.

Il n'écrit livre ni brochure,
Jamais il ne fut candidat ;
Un jour on lui mit une armure
Sur l'épaule. Fut-il soldat ?

Ses yeux, grands ouverts sur le monde,
Semblent ne rien apercevoir;
Il prend tout en pitié profonde,
Et pense remplir un devoir.

Morne et froid comme une statue,
Il ne sent point battre son cœur;
L'âme en lui paraît abattue,
Et le sang n'a pas de chaleur.

Il va, sans amour et sans haine,
D'un pas égal, son long chemin,
Jugeant qu'il ne vaut pas la peine
Se soucier du genre humain.

Il a retranché de son âme,
Comme le Scythe d'autrefois,
De peur de souffrir de la flamme,
Le bon avec le mauvais bois.

« Que faites-vous dans la nature ? »
Lui disais-je un jour, étonné.
Son œil vers le ciel s'est tourné :
« J'attends l'existence future ! »

STANCES

A CELLE QUI FUT UNE BOUTEILLE DE CHAMPAGNE.

Non inultus premor.

Vide ! plus une goutte ! ô ma pauvre bouteille !
J'ai beau te retourner, te battre, te presser,
Tu subis mes transports, froide comme une vieille
Dont le cœur ne saurait jamais se déglacer,
Quand Satan tout en feu la viendrait caresser.

Que j'aimais à te voir droite, la mine fière,
Portant ton écusson et ton casque d'argent,
Tandis que sur ton dos une grise poussière
Attestait sans conteste une longue carrière !
Tu venais au combat, telle qu'un vieux sergent,

Affrontant le péril, sachant la mort certaine
Et ne reculant pas. — Plus d'un grand capitaine
Fut moins brave que toi. Quand je pense à ton sort,
O bouteille, ma mie! il me vient un remord :
Par un éclat de rire on accueillit ta mort.

On te prit lâchement, — toute la compagnie
Avait péri déjà, lorsque l'on vit sortir
Du milieu des mourants ton aigrette jaunie
Par le reflet des feux, — on t'écorcha ; la scie
Te rompit chaque nerf... Tu fus un vrai martyr.

C'est par moi, qui t'aimais, que tu fus égorgée !
A ton suprême cri répondit la chanson,
Et de ton col béant ton sang, notre boisson,
A grands flots s'élança. — Mais tu t'es bien vengée :
Nous bûmes tout ton sang, tu pris notre raison.

L'AMAZONE

Sur un coursier de pure race
La belle blonde galopait,
Et le groupe qui l'escortait
Avait peine à suivre sa trace.

Elle s'enfonça dans le bois
En cravachant sa haquenée,
Et la jument noire entraînée
S'excitait encore à sa voix.

Ivre de cette folle course,
Elle ne s'apercevait pas
Que la bête portait ses pas
En toute hâte vers la source.

L'abîme était proche : on voyait
L'eau bleue à travers le feuillage.
L'animal fuyait avec rage,
Et la belle blonde riait.

L'étang est là, l'onde frissonne...

Soudain un bruit sourd, puis un cri
Dont tout au loin l'écho résonne,
Et l'eau recouvre l'amazone...
C'est fait, l'amazone a péri !

Et souvent ainsi, par caprice,
Fermant les yeux et galopant,
Elles courent au précipice
Et ne s'éveillent qu'en tombant.

RENCONTRE

Ah ! je me guérissais : pourquoi t'ai-je revue ?
Quel ange ou quel démon sur tes pas m'a poussé ?
D'un lointain souvenir mon âme s'est émue,
Et dans un rayon d'or s'éveilla le passé,

Le temps où, pour te voir assise à ta fenêtre,
Par la pluie et le vent je revenais vingt fois ;
Où, lorsque le soleil commençait à renaître,
Pour toi j'allais cueillir le muguet dans les bois.

Un regard de tes yeux pour toute une journée
Me donnait du courage et me faisait joyeux ;
Mon âme, franchissant cette sphère bornée,
Pour s'égaler à toi s'élevait jusqu'aux cieux.

Nos amours ont duré, combien ? trois jours à peine.
Lorsque tu me compris, il me fallait partir,
N'emportant avec moi qu'une pauvre verveine,
Symbole poétique et qui ne peut mentir.

Hélas ! la fleur est morte, et moins d'un an d'absence
Pour distraire de moi ta pensée a suffi !
Ah ! que n'ai-je étouffé l'amour à sa naissance
Plutôt que relevé ton orgueilleux défi !

Quand le temps commençait à fermer la blessure,
Quand l'oubli lentement descendait dans mon cœur,
Il faut que près de toi me jette une aventure ;
Et tu prends aussitôt le ton fier d'un vainqueur !

Je ne te cherchais pas ; je te croyais partie,

Et bien loin... Pourquoi donc nous heurter en chemin ?

Quand on n'est plus l'amante, on n'est jamais l'amie ;

Quand un autre a le cœur, je repousse la main.

RÉSURRECTION

Dans un carton vert, entre deux feuillets
Séchaient deux œillets,
Souvenir d'un rêve ;
Et depuis longtemps leur cœur écrasé
S'était épuisé
En pleurant sa séve.

Mais, en remuant ce vieux parchemin,
Ta petite main
Les mit en lumière ;
Puis il te suffit de quelques doux pleurs
Pour rendre à ces fleurs
Leur beauté première.

Un brin d'herbe a donc le pouvoir secret

D'ouvrir au regret

Ta froideur navrante.

Un mot suffisait à mon cœur brisé :

Tu l'as refusé,

Belle indifférente.

SÉPARATION

Encore un amour envolé !
Encore une illusion morte !
De mon cœur je ferme la porte,
A la mer j'en jette la clé !

Adieu ! Ton œil sombre et farouche
Dit que je ne te verrai plus ;
Mais, réponds, que sont devenus
Les serments que jurait ta bouche ?

Paroles vides, sans raison,
Apprises longtemps à l'avance,
Que tu récitais en cadence
Comme un enfant dit sa leçon.

Et moi qui, plein de confiance,
Ne voulais pas croire au danger !
Aurai-je au moins pour me venger
Le remords de ta conscience ?

Sans rancune et sans méchant mot,
Délions la légère chaîne ;
Délions-la, puisqu'il le faut :
La rompre ferait trop de peine.

Suivons chacun notre chemin.
Je vais où le soleil se lève,
Mais mon cœur portera le glaive
Qu'y planta sans pitié ta main.

C'est trop payer une folie
Que tu fis durer peu d'instants...
Va, sois heureuse encor longtemps;
Fasse Dieu que bientôt j'oublie!

SON NOM

Hier j'ai lu son nom gravé sur une pierre,
Et les vieux souvenirs ont fait trembler mon cœur;
Son nom... sur une tombe, au bout d'un cimetière,
Sous le feuillage en deuil d'un grand saule pleureur.

Une larme a mouillé, malgré moi, ma paupière :
J'ai cru la voir encor comme au premier matin;
Mon genou s'est plié, j'ai dit une prière
En songeant tristement à notre amour éteint.

Oh ! non, ce n'est pas toi dont la froide dépouille
Sous ce marbre insensible est en pâture aux vers !
Ta mémoire, du moins, qu'aucun bruit ne la souille !
C'est pour te pardonner que je répands ces vers.

Je voudrais t'oublier, oublier ton offense.
Je ne puis ; ma blessure est profonde. Pourtant
Je ne te maudis pas lorsqu'à toi je repense,
Car tu m'avais aimé, ne fût-ce qu'un instant.

Tu n'es pas morte, non ! C'est quelque jeune fille
Que la mort sans pitié, frappant aveuglément,
Aura surprise un soir au milieu d'un quadrille
Et soudain arrachée aux bras de son amant.

Comme elle vous étiez sans doute jeune et belle,
Pauvre enfant qui portiez son nom mélodieux,
Et j'ai prié pour vous... Quand vous serez aux cieux,
    A votre tour priez pour elle.

PATTES DE MOUCHES

Petite lettre parfumée,
La seule qu'elle m'écrivit,
Parle-moi de ma bien-aimée...
Quel caprice me la ravit ?

Tu vins me trouver comme un gage
D'amour et de félicité,
Et je sens s'accroître ma rage
En voyant croître sa fierté.

Froidement elle me dédaigne ;
Elle feint d'oublier mon nom...
Hélas ! si parfois mon cœur saigne,
C'est au souvenir de Ninon.

Car ce fut elle, la première,
Par qui mon cœur fut éveillé,
Et c'est elle qui, froide et fière,
La première m'en a raillé.

Petite page satinée
Où brille son chiffre gravé,
C'est toi qui fis ma destinée.
A toi bien longtemps j'ai rêvé.

Je gardais ta feuille rosée
Sur mon cœur, comme un talisman ;
Mes pleurs l'ont parfois arrosée,
La nuit, silencieusement.

Mais rien désormais ne m'arrête,
Tu me fais souffrir trop souvent...
Allume donc ma cigarette,
Que ta cendre se perde au vent!

PROFESSION DE FOI

Qu'elle soit brune, blonde ou rousse;
Que son œil soit noir, vert ou bleu,
Pourvu que sa voix soit bien douce,
Je veux l'aimer, — l'aimer un peu.

Qu'elle soit épaisse ou mignonne,
Langoureuse ou pleine de feu,
Pourvu que son âme soit bonne,
Je veux l'aimer, — l'aimer un peu.

Qu'elle soit noble ou de roture,
De Rome, Paris ou Pékin,
Pourvu que sa robe soit pure,
Je veux l'aimer — jusqu'au matin.

Mais nous engager pour la vie
Par un effroyable serment,
Pour tous deux ce serait folie...
Long amour devient long tourment.

POST-SCRIPTUM

Mais si son cœur vaut sa figure,
Si l'amour devient dévouement,
On pourrait risquer l'aventure
D'être l'époux, et non l'amant.

PARCO

A mes amis Paul Tarot et Corbière.

Je me disais : Leur âme aux autres est pareille,
Le temps en a déjà banni mon souvenir ;
Le jour que je partis me semble être la veille,
Et déjà leur pensée à moi ne peut venir.

Seul, je me rappelais les longues causeries
Que nous faisions à l'ombre avec un libre accent,
Et les courses sans but à travers les prairies,
Où Tarot m'entraînait vers le soleil couchant.

Rien n'est plus : ces plaisirs, dignes des plus grands sages,
Même de leur mémoire ont passé sans retour.
L'amitié change-t-elle ainsi que les visages ?
Est-elle fugitive, hélas ! comme l'amour ?

Je doutais et souffrais ; mais la lettre est venue,
Comme un oiseau chanteur, m'éveiller ce matin...
Le timbre, le papier, l'écriture connue,
Ce sont de bons amis !... J'en étais bien certain !

Puisque donc vous aurez lu les vers que j'envoie,
Vous aurez expié votre faute tous deux.
Je pardonne, et que Dieu toujours vous tienne en joie !
Dans ce monde et dans l'autre, amis, soyez heureux.

HYMEN

A Henri M.....

Amoureux! dites-vous, peut-être avec effroi;
Vous êtes amoureux! vous n'êtes pas à plaindre;
Vous pensiez votre cœur éternellement froid;
Une étincelle à lui : gardez-vous de l'éteindre!

L'on a fait de beaux vers sur le premier amour,
Comme au premier rayon qui nous traverse l'âme.
Il la traverse, hélas! et n'y reste qu'un jour,
Et notre amour dernier a souvent plus de flamme.

Nous livrons un cœur jeune à des rages sans frein ;

Légers, nous le jetons à des gouffres avides,

Pareils au laboureur qui sèmerait son grain

Aux sillons inconstants des sables secs et vides.

Puis quand, nous recueillant, nous comptons en secret

Les trésors gaspillés, les amours ruinées,

Si ce n'est un remords, c'est au moins un regret

Qui nous étreint le cœur en de longues journées.

Mais, si meurtri qu'il soit, notre cœur se guérit.

Il suffit qu'une main d'enfant loyale et pure

Chasse les souvenirs sous lesquels il périt

Pour que l'espoir y naisse et que l'amour y dure.

Un soir, ayant pressé cette petite main,

On entend comme un chant dont l'âme est étonnée.

Homme, recueille-toi ! c'est l'heure de l'hymen

Qui sonne au cadran d'or de notre destinée.

Et c'est la vie enfin! et c'est le grand combat!
Que ton cœur sans détour prenne sa noble tâche.
Ce sont les faibles seuls que sa grandeur abat,
Et dans tous les dangers déserter fut d'un lâche!

Et puis le temps n'est plus des succès triomphants,
L'oubli de la famille a perdu la patrie,
Et, si nous ne pouvons payer de notre vie,
Faisons-lui des vengeurs, lui donnant nos enfants.

La jeune épouse un jour sans doute sera mère...
Que le fils sorti d'elle à de grandes leçons
Soit formé (car la vie aux vaincus est amère),
Et, conçu dans l'amour, qu'il ait la haine austère
Que nous, Français encore, avec soin nourrissons.

HAINE ET MÉPRIS

Oui, je le hais, je le méprise,
Celui qui par jeu, froidement,
S'empare d'un cœur et le brise,
Étant bourreau, non pas amant !

Son âme impuissante, avilie,
Peut former à peine un désir,
Et la beauté qu'il a salie
N'est rien qu'un objet de plaisir.

Qu'elle ait une âme et qu'elle veuille
Atteindre un idéal amour...
C'est une fleur, donc il l'effeuille.
C'est assez qu'elle vive un jour !

C'est en satyre qu'il caresse
Ses formes aux fraîches couleurs ;
Son âme n'a point de tendresse :
Il veut la joie et rit des pleurs.

Son doux parfum, il le respire ;
Sa narine seule a joui,
Et, le jour que la fleur expire,
Depuis longtemps il s'est enfui.

Plus féroce qu'un belluaire,
Il a, dans sa brutalité,
En peu de temps fait un suaire
Du drap du lit de volupté.

Lorsque le hasard de la vie
Met un tel homme en mon chemin,
Pour payer son ignominie,
Malgré moi se lève ma main.

Mais, quand c'est la femme qui joue
Ce rôle infâme et corrupteur,
Je lui donnerais, en vengeur,
Non plus un soufflet sur la joue,
Mais un poignard au fond du cœur.

APPEL D'AMOUR

Sur l'herbe des prés verts, dans les grottes profondes,
Dans les bois odorants qu'agitent les zéphyrs,
Et sur les bords fleuris que vont baiser le , ondes,
Venez... Ne poussez plus d'inutiles soupirs.

Vierges et jouvenceaux, aimez-vous sans contrainte...
Jeune fille, sois douce à son cœur amoureux;
Jeune homme, retiens-la dans ta puissante étreinte.
Aimez-vous sans soucis, et soyez tous heureux.

La saison est propice, et les tièdes haleines
Des zéphyrs printaniers, en traversant les plaines,
Ont fait partout éclore et les fleurs et les nids.
Donc, que les malveillants loin de vous soient bannis !

Vos regards vous diront, mieux que la pâquerette,
Le sort qu'à vos désirs l'amour a réservé ;
Ce jeune sein gonflé qui sous la collerette
S'émeut, tout bas promet tout le bonheur rêvé.

Dans la ronde bruyante étourdissez les belles ;
Belles, par votre danse enivrez les garçons,
Et, brûlé peu à peu par des flammes nouvelles,
Que le chœur tout entier roule sur les gazons !

Jadis ainsi jouaient sur la terre plus chaude
Nymphes, faunes et dieux, aux merveilleux accords
Du dieu Pan ; et Vénus, la céleste ribaude,
Insinuait ses feux dans ces superbes corps.

Les hommes qui naissaient de ces amours divines
Au courage joignaient la force des héros ;
D'inébranlables cœurs battaient dans leurs poitrines ;
Un seul coup de leur poing assommait les taureaux.

Vous qui rêvez de beaux enfants, ô jeunes filles !
Hommes forts qui voulez des fils pareils à vous,
Désertez les maisons, accourez aux charmilles,
Aux forêts où la mousse offre des lits si doux.

Mais non, vous préférez dans les villes obscures
Échanger sans amour quelque baiser furtif ;
Vos corps sont énervés, vos âmes sont impures :
L'enfant qui naît de vous est malingre et chétif.

Entassés sous les toits, ne respirant qu'à peine,
Vous ne connaissez plus le grand Dieu, le soleil,
Le père de la vie ; et la vôtre se traîne
Molle à travers les ans, n'étant plus qu'un sommeil.

La forme humaine aussi se corrompt et s'altère,
La face s'abêtit, les membres sont tordus,
Et les hommes bientôt, perdant leur caractère,
S'ils ne viennent du singe, y seront descendus.

Venez donc ! que chacun choisisse sa compagne,
Que la loi de l'amour s'impose à tous les cœurs ;
Parcourez en chantant la joyeuse campagne,
Et vous retrouverez de nouvelles vigueurs.

LA COUPE

Cette coupe me fut donnée
Par elle au temps de nos amours.
Quoiqu'elle soit empoisonnée,
         J'y bois toujours.

Elle est élégante et légère ;
Le vin qu'on y boit semble doux,
Mais sa douceur est passagère :
         Il rend jaloux.

Un artiste l'a façonnée,
Ciselant l'argent jusqu'au bord :
Sur deux côtés elle est ornée
  D'un portrait d'or.

L'un est Circé l'enchanteresse,
Qui changeait en pourceau Grillus ;
L'autre ressemble à la traîtresse
Que j'aime et qui ne m'aime plus.

Dès qu'au bord se pose ma lèvre,
Je sens se troubler ma raison.
Avec le vin coulent la fièvre
  Et le poison.

Le feu dans mes veines circule
Jusqu'au cœur pour le dessécher.
Moins que moi dut souffrir Hercule
  Sur son bûcher.

Tu me quittas sans une larme :
Pourquoi m'avoir laissé ce don?
Tu t'en es fait sans doute une arme
Pour te venger de mon pardon.

Et c'est ma faute! à moi le blâme!
T'avoir portée à ces sommets!
Eh quoi! tu n'étais qu'une femme,
        Et je t'aimais!

Oui, ta coupe affreuse m'est chère ;
Je me garde de la briser.
Lorsque entre mes dents je la serre,
Je crois ressentir ton baiser.

J'en souffre, et toujours j'y veux boire
Tant que ton souvenir me mord,
Et j'y veux perdre la mémoire,
Ou bien j'y trouverai la mort.

L'ENFANT MEURT

Oui, ton front est brûlant et brûlante ta lèvre ;
Ta paupière alourdie a fermé ton œil noir ;
Ton pauvre petit corps est consumé de fièvre,
Et ta mère t'oublie et ne vient pas te voir.

Ta main la cherche en vain, et, tandis qu'on te panse,
Une marâtre à gage à ton chevet s'endort :
Car ta mère, ce soir, appartient à la danse,
Rayonnant de bijoux, de diamants et d'or.

Ton sang reflue au cœur, tout ton être frissonne ;
Tu souffres, une larme a tracé son sillon
Sur ta joue, et ton souffle en tes poumons résonne...
Attends... ta jeune mère est reine au cotillon.

La dernière lueur s'éteint en ta prunelle ;
La mort passe, et son doigt va bientôt te glacer.
Adieu donc à jamais !... Pauvre ange, ouvre ton aile ;
Mets ton dernier soupir en un dernier baiser.

Et vous, dans ces salons, vous triomphez, Madame,
Et vous avez fait choix du plus galant danseur...
Ne sens-tu pas autour de toi voltiger l'âme
De ton unique enfant ?... Va, tu n'as pas de cœur !

Ah ! pour toi, je me sens une effroyable haine !
Femme, voici ton fils. Approche, il est bien mort.
Il a compris, l'enfant, qu'il était une gêne ;
Il est allé vers Dieu, te laissant ton remord.

Un remords, ai-je dit? un an de deuil à peine,
Le temps de laisser l'herbe envahir le tombeau,
Et voilà de nouveau le monde qui t'entraîne.
Oh! ta maternité n'était donc qu'un fardeau!

Un remords, ai-je dit? un an de deuil à peine,
Le temps de laisser l'herbe envahir le tombeau,

RHYTHME GUERRIER

Si vous voulez de la musique,
Les belles, mettez-vous en ronds
Et tournez au pas gymnastique.
En avant ! et nous sonnerons
Nos clairons.

Et, si vous voulez de la danse,
Les belles aux promptes amours,
Marquez le pas en jupons courts,
Et nous allons battre en cadence
Nos tambours.

Qui donc trouvons-nous la plus belle ?
Si vous voulez savoir son nom,
Approchez, écoutez : c'est celle
Que n'effraiera pas l'étincelle
    Du canon.

Arrière les blêmes poupées
Qui dans les veines ont de l'eau !
Lorsque nous tirons nos épées,
Que nos femmes maintiennent haut
    Le drapeau.

Il nous les faut d'une âme austère,
Telles que dans les jours maudits,
Si vient à succomber le père,
Elles mettent aux mains des fils
    Les fusils.

Et nous voulons plus grand leur rôle :
Si nous périssons sous les coups,

Qu'elles nous donnent leur parole
De subir le destin jaloux
      Avec nous.

Ainsi, d'un effort unanime,
Et sans crainte d'être trahis,
Quand la même ardeur nous anime,
Nous sauverons des ennemis
      Le pays.

AVEU

J'aurais voulu vous dire en ardentes paroles
Tout l'amour que pour vous dès longtemps j'ai conçu ;
J'ai craint le ridicule et les propos frivoles.
J'aurais voulu parler, et je ne l'ai point su.

Peut-être eussiez-vous ri... Votre bouche, qui charme,
En réponse eût lancé peut-être un trait moqueur,
Et, n'osant riposter d'un coup de la même arme,
J'aurais reçu le vôtre au profond de mon cœur.

6.

Je fus muet par peur, et vous êtes passée,
Hélas ! presque sans voir l'inconnu ; mais, de loin,
J'ose mieux arrêter un temps votre pensée,
Et mon âme est là-bas qui vous guette en un coin.

De savoir qui vous aime il n'est point nécessaire ;
Écoutez sans mépris et d'un esprit égal.
Si l'aveu vous en plaît, croyez l'amour sincère ;
Sinon... pensez que j'ai seulement voulu faire
Pour une grande dame un petit madrigal.

IMPRÉCATION

A toi qui m'as pris ma maîtresse
Un jour je pourrai pardonner,
Si quelque autre dans sa tendresse
Réussit à m'emprisonner;

A toi qui m'as ravi par fraude
Mon coursier prompt comme l'éclair;
A toi qui volas l'émeraude
De l'anneau qui m'est le plus cher;

A vous tous, gredins et faux frères
Qui me laissez dans l'abandon,
Quand s'apaiseront mes colères,
Je puis accorder le pardon :

Car c'est moi seul qu'atteint l'offense ;
Seul, j'ai le droit de la juger,
Et seul aussi le droit, je pense,
De pardonner ou de venger.

Mais à toi qui sur ma patrie
Posas ta sacrilége main,
Et la saisis toute meurtrie,
Haine aujourd'hui, haine demain !

Car ce n'est pas moi seul qui souffre :
Ce sont même nos petits-fils,
Devant qui s'est ouvert le gouffre,
A qui s'adressent tes défis.

C'est la nation tout entière
A qui tu préparas la mort,
Ne laissant pas pierre sur pierre,
Brûlant village, ville et fort;

C'est la race qui t'importune
Par tout un passé glorieux.
Garde ta sauvage rancune :
A l'avenir nous ferons mieux.

Poursuis ton œuvre de fouine,
Construis ton piége souterrain.
Tu nous machines la ruine :
Nous serons de fer et d'airain.

Ah! tu voudrais couper la tige
Pour empêcher les rejetons!
Te crois-tu donc tant de prestige
Qu'un seul soit sourd au cri : Partons?

Que vous veniez en nombre immense
Pour nous massacrer en bourreaux,
Soit! Connaissant votre clémence,
Nous saurons mourir en héros.

Mais vous n'aurez pas cette joie :
Nos veines sont pleines de sang...
Notre drapeau, s'il se déploie,
A tout prix sera triomphant.

Le nombre! il faudra bien qu'il plie
Sous notre effort toujours croissant,
Notre haine nous multiplie,
Et dix de nous en valent cent.

Et toujours sans crainte et sans trêve
Nous irons, libres de tout frein,
Ainsi que dans un mauvais rêve
Vous poursuivant sur ce refrain :

« Haine à toi qui sur ma patrie

Posas ta sacrilége main,

Et la saisis toute meurtrie !

Aujourd'hui haine et mort demain ! »

BILLET

A Mlle S... B...

Un revenant, de si loin qu'il revienne,
Reprend-il place à ton foyer ?
Mon âme n'a pu t'oublier ;
Retrouverai-je un chemin vers la tienne ?

Je disparus comme dans un tombeau,
Me renfermant dans ma province ;
Et je reviens ni célèbre ni prince,
Risquant d'être accueilli comme un hôte nouveau.

Le temps a fui l'ingrat que rien n'arrête
Et que rien ne fait revenir.
Son pied léger, touchant ma tête,
Enfonçait plus avant ton bien cher souvenir.

Mais toi, la foule a proclamé ta gloire;
Les délicats ont applaudi,
Et c'est peut-être bien hardi
De me plaindre de ta mémoire.

Mais enfin, malgré tout, je crois
Que toute amitié n'est point morte
Et que tu rouvriras ta porte
A l'ami d'autrefois.

ORAISON FUNÈBRE

Ta femme est morte? Qu'on l'enterre!
Sur notre sphéroïde une femme de moins,
Voilà vraiment la belle affaire!
Qu'on l'enterre sans plus, et nous serons témoins!
Ah! moi, j'aime beaucoup qu'on enterre les femmes!
Ce sont démons friands de nous croquer nos âmes
Comme un singe une noix.
S'il fallait un bûcher pour les y griller toutes,
Et qu'on eût défoncé, sentiers, chemins et routes,
Moi, tel que tu me vois,

Compère, tu t'en doutes,

Je trouverais moyen de porter le bon bois.

Ah ! ah ! ta femme est morte !

Tu peux m'en croire, va, ce n'est pas le bon Dieu,

C'est le diable qui l'emporte : ·

Il en fera bon feu.

Ta femme, mon ami, n'était laide ni vieille,

Et jusqu'à certain point je comprends ton souci.

Mais, baste ! s'il te chaud de passer seul la veille,

Il en reste qui sont jeunes, belles aussi.

Eh ! compère, à notre âge, — et c'est la quarantaine, —

Encore qu'il soit mal courir la pretantaine,

On se sent parfois guilleret,

Et de perdre sa femme on éprouve un regret.

Mais voyons, entre nous, mon ami, sans mystère,

Après quinze ans d'amour on peut déménager,

Et l'on ressent un peu de plaisir à changer.

La femme qu'on n'a pas est celle qu'on préfère,

Et puis es-tu bien sûr qu'elle ne t'aura pas

Accommodé... la tête?...

Ah! madame Jean-Pierre était riche d'appas,

Et pour tenter les gars on l'eût cru toute faite.

— Tu veux dire, mon gars, que je serais...?

         Ne te mets pas en peine :

Je n'ai jamais douté, la chose est trop certaine.

— Ah! ah! ah! c'est plaisant! voilà pour sa vertu.

         Et madame Jean-Pierre

Était, s'il m'en souvient, bravache, dépensière,

Fort sur son quant à moi, de tête et main légère;

Et je gagerais bien qu'elle t'aura battu?

         — Et plus d'une fois, la mégère!

         — Oui, c'était vraiment un bon plat

Que maire et curé t'avaient servi là!

Il ne lui manquait plus, ma foi, que d'être ivrogne.

         — Eh bien! ça ne lui manquait pas...

Pour boire et pour frapper elle levait le bras;

         Elle buvait sans soif et sans vergogne,

Et de gin et de vin se rougissait la trogne.

— Eh bien donc! qu'on l'enterre, et *Gloria Deo!*

         Quand elle passera, je tire mon chapeau.

Mais, puisqu'elle n'était rien moins qu'aimable en somme,
Pourquoi nous faire ainsi figure de pauvre homme
    Et conserver la larme à l'œil ?
Tu refuses le pot où les amis t'invitent...
Que crains-tu, maintenant qu'elle dort au cercueil ?
— C'est que le curé dit que les morts ressuscitent.

ODE A LYCÉ

Quoi ! tu serais Lycé, cette beauté si fière

Qui pendant si longtemps étonna tout Paris,

Et qui fut presque reine?... Et tu vends de la bière !

Et tes rares cheveux sont gris !...

O spectre de Lycé ! déplorable ruine !

Ces seins dans ton corsage à peine retenus,

Cette souple démarche et cette taille fine,

Hélas ! que sont-ils devenus ?

Lorsque tu paraissais dans ta loge, au théâtre,

Pour te mieux admirer chacun se retournait ;

Mais toi, tu dédaignais cette foule idolâtre

Que ton froid mépris dominait.

Quand la valse lascive, en tes fêtes bruyantes,

A son rhythme entraînait les couples enlacés,

Je te voyais tourner les lèvres souriantes,

L'œil en feu, les seins oppressés...

Quand tes chevaux fougueux, à la longue crinière,

Dans ton léger coupé t'emportaient vers le bois,

Sous leurs sabots brûlants soulevant la poussière,

Lycé, j'ai pleuré bien des fois...

Ainsi, dans la fourrure et la soie affaissée,

Pour la dernière fois tu m'apparus un soir,

Risquant ta tête blonde à la vitre glacée...

Je jurai de ne plus te voir.

Ces tissus éclatants venus de Cachemire,
Ces joyaux, cet hôtel, ces valets galonnés,
Et ces chevaux pur sang que tout Paris admire,
    Réponds, qui te les a donnés?

Qui? belle question ! Eh ! sais-tu bien toi-même
Le dernier homme à qui se sont ouverts tes bras?
Qu'importe? c'en est un qui peut-être aussi t'aime,
    Qui paye, — et que tu n'aimes pas!

Pour ces trésors, dis-moi, courtisane titrée
Qui dors, ainsi qu'un roi, sous un dais de velours,
A quels amants combien de fois t'es-tu livrée,
    Combien de nuits, combien d'amours?

Tous, jeunes gens frisés, vieillards à tête chauve,
Ont payé leur tribut d'amour à tes beaux yeux,
Fous qui pour un baiser laissaient en ton alcôve
    L'or amassé par leurs aïeux !

Oui, la liste de ceux qui connurent ta couche
Contiendrait bien des noms ! Que d'enfants ont pâli
Dans tes bras, aspirant le plaisir sur ta bouche,
 Que désespéra ton oubli !

Mais tous ces souvenirs t'importunent sans doute ;
Tes succès scandaleux chaque jour ont baissé...
Tes cheveux, blonds jadis, tombent ; ton dos se voûte,
 Au menton la barbe a poussé.

Te voilà brèche-dent, de rides sillonnée,
Et Piver et Rimmel combinent leurs efforts
Pour rajeunir en vain ta figure fanée,
 Qui se couvre du teint des morts.

Il ne reste plus rien de ta splendeur passée,
De ton luxe plus rien, sinon le souvenir,
Qui te tourmentera dans ton âme blessée,
 Et qui suffit à te punir :

Car ces mêmes amants qui t'accablaient d'hommage,

Mendiant pour de l'or un peu de ton amour,

Quand ils ont vu ton front se plisser avec l'âge,

Aux plus jeunes ont fait leur cour.

Mais je te veux encore aider en ta disgrâce,

Et de bon cœur, vraiment, je t'offre le balai

Dont pour vingt francs par mois tu balaieras la place

Où ton équipage a roulé.

EST-CE UN PÉCHÉ?

CHANSON.

I

Sous le bois je vis Marinette
Cherchant la mousse et le muguet;
De loin je suivis sa cornette.
Pour son retour je fis le guet.
— Mon père, votre nez se dresse,
Vous toussez, vous avez louché.
Mon père, je vous le confesse,
    Est-ce un péché?

II

Quand Marinette eut cueilli l'herbe,
Près d'elle je courus m'asseoir,
Et fis avec elle sa gerbe.
L'ombre tombait avec le soir...
Je crus entendre une promesse...
Plus près, plus près je m'approchai.
— Mon père, je vous le confesse,
Est-ce un péché?

III

Le bois s'emplissait de mystère,
Et le rossignol, dans son nid,
Se croyant caché, solitaire,
Chantait un amour infini...

Marinette sur moi se presse;
Sa lèvre, je crois, m'a touché.
— Mon père, je vous le confesse,
    Est-ce un péché?

IV

La brise fraîche et parfumée
Agitait l'or de ses cheveux;
En rougissant, ma bien-aimée
Balbutiait de doux aveux.
Contre un caillou son pied se blesse;
Tous deux nous avons trébuché.
— Mon père, je vous le confesse,
    Est-ce un péché?

VOX TRIPLEX

Puisque ei   nous avons mêlé nos destinées,
Et pour le m   e effort nos âmes enchaînées,
    Au but chéri courons.

Créons notre bonheur à l'écart de la foule.
Sous un choc imprévu si l'édifice croule,
    Sans murmure souffrons.

Patients et hardis, relevons notre tête,
Et si, vaincus, il faut céder à la tempête,
    Côte à côte mourons.

LA MÉSANGE

A Mlle Jeanne S…

Pauvre petite mésange !
Un sot et cruel enfant,
Que sa mère appelle un ange,
L'a prise tout triomphant.
Il la prit sur sa couvée,
L'emportant avec le nid…
L'oiselle s'est soulevée,
Bat des ailes et gémit.
Mais le bourreau blond et rose
A la main puissante au mal,
Et sa mère rit et cause.
— Qui des trois est l'animal ?

Pauvre petite mésange !
Loin du soleil et des bois,
Elle languit, point ne mange ;
Son gosier n'a plus de voix.
« Comment ! mais tu n'es pas sage,
Lui disait le tyranneau ;
J'ai mis du grain dans ta cage
Et du sucre dans ton eau !
Veux-tu bien être joyeuse !
On a doré ta maison ! »
— Sa maison ! la voyageuse
Voulait l'immense horizon.

Un matin, désespérée,
Elle laissa choir son corps.
L'oiselle était expirée
Sur ses quatre petits morts.

L'enfant d'un homme eut la taille...
Pour la guerre un roi le prit,

Le jeta dans la bataille.
Sa mère en perdit l'esprit.
« L'ai-je donc fait pour la guerre,
Disait-elle, mon enfant?
Tigre, quelle soif t'altère
Qu'il te faut même mon sang?
Qu'importent tous tes insignes,
Galons d'or, armes de fer?
Ce qu'il veut, ce sont mes vignes,
Mon bon pain et le grand air! »

Puis le fils en vain fut brave :
On l'emmena prisonnier.
Il toussait; le mal s'aggrave :
Il rend le soupir dernier.

A ce coup, la pauvre femme,
Stupide, ferma les yeux
Et laissa partir son âme.
Elle vola vers les cieux,

Où la reçurent les anges,
Car saintement elle aimait.
— Et pendant qu'on l'inhumait
Chantait un chœur de mésanges.

LE DRAGON

RÉCIT D'UN FRANC-TIREUR.

I

Nous cheminions un soir, lentement, en silence,
L'œil et l'oreille au guet, scrutant chaque buisson
Et recueillant dans l'air jusques au moindre son.
Trop de morts nous avaient appris la vigilance !
La veille encor, surpris par les Wurtembergeois,
Trois des nôtres avaient été pendus aux chênes,
Pas même fusillés ! — Ce n'étaient que bourgeois
S'armant pour leur pays. Et les sauvages haines
De ces loups d'outre-Rhin ne faisaient pas merci :
On était condamné dès qu'on était saisi.
Au reste, on le savait : la mort ou la victoire,

Pas de milieu ! Qu'importe? on marchait au danger.
Pour le salut de tous, sans trouble et sans songer
Que ce grand dévouement ignoré de l'histoire
Ne ferait point nos noms illustres et vantés :
La France chancelait, nous nous étions hâtés.

La route s'allongeait par une pente étroite
Entre les monts à pic couronnés de sapins.
Défiants, mais sans peur, cavaliers, fantassins,
Dans cette obscurité s'avançaient l'arme droite.
Déjà nous étions hors du sombre défilé ;
Dans le lointain, les feux d'un village de France
A travers l'ombre épaisse avaient soudain brillé,
Et nos cœurs résolus se gonflaient d'espérance.
Notre effort, demeuré jusqu'alors impuissant,
Allait servir enfin... Qu'importait notre sang ?
Les Prussiens au delà de la grande rivière
Avaient assis leur camp, à ce qu'on avait dit.
Rien ne nous avait pu trahir : grâce à la nuit,
Nous espérions saisir les loups en leur tanière.

II

Das Gewehr ab !

    D'où sort ce sinistre hourra ?
Dieu ! nous sommes surpris quand nous croyons surprendre !
Pendant que nous marchions, leur cercle nous serra.
« Rendez-vous ! — Sommes-nous donc venus pour nous rendre ? »

Et la lutte commence, implacable, aussitôt.
Le plomb, le fer, l'acier, dans l'obscurité morne,
Cherche l'homme et l'atteint. Notre rage est sans borne,
Et les Prussiens ployaient sous ce premier assaut.
Ah ! nous avions enfin une belle revanche,
Et notre commandant, vieux et rude dragon,
Dont la voix dominait les éclats du clairon,
Nous criait : « Mes enfants, c'est la première manche !
En avant ! nous ferons, mort Dieu ! quinte et capot ! »
Et nous allions toujours, comme un terrible flot.

Tant de sang a coulé que la terre est glissante ;
A chaque pas on heurte à des corps abattus.
Mais toujours devant nous cette hydre renaissante
Montre sur mille fronts mille casques pointus.

Victoire ! nous avons reconquis le village !
Horreur ! il est en feu ! Les lâches ! le pillage,
Et l'incendie après ! Stratagème infernal !
Ils ont mis devant nous cette affreuse barrière
D'un bourg français brûlant, et reviennent derrière
Nous assaillir ! La mort, pour nous, c'est demi-mal ;
Mais tous ces pauvres gens, ces enfants et ces femmes !
Allons donc, et mourons !... Sous la rouge lueur
Nous attaquons encor ces ennemis infâmes,
Et, les pieds dans le sang, la tête dans les flammes,
Chacun fait de son mieux son métier de tueur.
Le vieux dragon jamais n'avait vu les défaites,
Et, promenant son sabre, impassible et muet,
Comme un sombre faucheur il moissonnait les têtes.
Mais, lorsque contre lui la troupe se ruait,

Lui qui nous avait faits des soldats à sa taille
Et semblait dans ce feu le dieu de la bataille,
Son arme se brisa.

Mais nous... O désespoir !
Nos fusils en morceaux, nos cartouchières vides,
Nos membres épuisés, tout autour le flot noir
Des Allemands hurlant comme des loups avides !
« Mes enfants, c'est fini ! cria le commandant ;
Fini ! captifs ! Heureux les morts ! » Et, nous comptant,
Nous sûmes cette nuit par nous bien cher payée :
Nous partîmes trois cents, et nous demeurions dix.
Et la bourgade entière était incendiée !
Mais, certe, il en était tombé de ces bandits !

Nous ne nous rendions pas ; nous étions sans défense,
On nous prit. Nous avions bien lutté pour la France.

III

Et nous étions vaincus! toujours vaincus! Pourtant

Quel combat!... Notre main de tuer était lasse;

Nous avions résisté jusqu'au dernier instant.

Vaincus! et nous marchions tristement, tête basse,

La rage dans le cœur, les larmes dans les yeux.

Nous étions prisonniers! et les reîtres joyeux

Qui nous faisaient marcher du pas de leurs cavales

Emplissaient le chemin de leurs chansons brutales.

Ils nous avaient comptés, ils nous avaient fouillés,

— La prudence chez eux est la vertu de guerre,—

Et, nous sachant sans arme, ils avaient la voix claire

Et chantonnaient devant nos fronts humiliés.

Et que faire? que dire? Il fallait en silence

Laisser tomber ce long outrage sur nos fronts.

Les hulans nous pressaient à petits coups de lance,

Animant leurs chevaux du coup des éperons.

Épuisés, haletants, nous nous traînions à peine,

Espérant succomber enfin à chaque pas,

Priant pour que la mort vînt rompre notre chaîne

Et cacher notre honte au moins dans le trépas.

Alors un vieux soudard qui commandait l'escorte,

Épicier de Hambourg, improvisé héros,

En riant déclara que la France était morte,

Qu'ils mangeraient la louve avec les louveteaux,

Eux, braves Allemands, solides à leur poste,

Et sachant voir la mort en face. — Il attendait

De quelqu'un des vaincus sans doute la riposte.

Quand l'acte ne suit pas la parole, on se tait :

Nul de nous ne parla, car nous étions sans arme.

La voix rauque du vieux reprit : « Cela me charme

Que ces Français du bourg se soient laissé griller...

Par Dieu! la belle flamme!... On va vous fusiller,

Vous autres, vous savez, soldats de contrebande;

Vous êtes trop nombreux, ma foi! pour qu'on vous pende.

Mais avant, je le veux, chantez, les beaux garçons,

Pour égayer la route, une de vos chansons

9

De Paris... Chantez donc, je le veux. » Et la bande
De sinistres goujats mit dans un rire épais
Une injure de plus... « Oui, chantez donc, Français. »
Les lâches sans pudeur insultaient la défaite,
Bafouaient des blessés, se croyant glorieux !
Mais soudain le dragon bondit, et, furieux,
Avant qu'il eût bougé, saisit l'arme du vieux,
Et d'un revers de sabre il lui fendit la tête.

Et dans le même instant, par un retour heureux,
Un gros de francs-tireurs déboucha sur la route
Culbuta les hulans, qui, surpris et peureux,
Lâchant les prisonniers, s'enfuirent en déroute.

Libres ! ah ! nous pouvons donc relever nos fronts !
La fortune toujours nous garde une espérance.
« Enfants, dit le dragon, crions : Vive la France ! »
Et chacun répéta : « Pour la France ! Espérons !... »

HOMMAGE

A N... G...

Je tremble... A la dernière page
De ce livre éclos sous tes yeux,
Je voulais déposer l'hommage
D'un cœur par toi refait joyeux ;

Je voulais, sans souci du monde,
Qui sans doute ne lira pas,
Te dire, à toi, ma reine blonde,
Dont la couronne est de lilas :

« C'est pour toi, c'est pour toi seule,

Espérant te conquérir,

Que j'ai su tourner la meule,

Broyer le grain et pétrir.

« Si mon œuvre est imparfaite,

Mieux qu'un autre tu sauras

Mon cœur meilleur que ma tête,

Mes doigts moins bons que mon bras.

« Accueille avec indulgence

Mon désir et mon effort.

Si j'ai bien fait, récompense ;

Pardonne-moi si j'ai tort. »

TABLE

A· PARIS

DES PRESSES DE D. JOUAUST

Imprimeur breveté

Rue Saint-Honoré, 338.